Fotógrafa Sumisa

Erika Sanders
Serie
Dominación e submisión erótica

Sinopse

Julia é unha fotógrafa profesional á que lle gusta inmortalizar momentos importantes da vida das persoas a través das súas fotografías .

Mentres no seu estudo revela as últimas fotos que fixera dunha familia, un novo cliente entra no local.

Este cliente, un executivo moi ben posicionado e famoso, ten un encargo pouco habitual para Julia: fotografar escenas adultas.

Julia é reticente a aceptar este encargo, pero a oferta do executivo é moi suculenta...

Fotógrafa Sumisa é unha novela cun forte contido erótico BDSM e, á súa vez, unha nova novela pertencente á colección Erotic Domination, unha serie de novelas cun alto contido BDSM romántico e erótico.

(Todos os personaxes teñen 18 anos ou máis)

Nota sobre a autora:

Erika Sanders é unha escritora internacionalmente coñecida, traducida a máis de vinte idiomas, que asina co seu apelido de solteira os seus escritos máis eróticos, lonxe da súa prosa habitual.

Índice

FOTÓGRAFA SUMISA
ERIKA SANDERS

PRIMEIRA PARTE
A oferta de emprego

CAPÍTULO 1

Julia sentouse no cuarto escuro do seu pequeno estudo de fotografía desenvolvendo imaxes fotográficas.

A fotografía sempre fora a súa paixón, e fixo dela a súa carreira.

A moza de trinta anos observaba atentamente como se completaban as imaxes.

Colgounos para secar e dedicouse un momento a admirar o seu traballo para unha familia amorosa.

Julia parou o seu traballo cando escoitou soar o timbre despois de que se abrise a porta de entrada.

Foi á recepción e viu a unha executiva duns corenta anos, vestida coma quen traballaba nun despacho moi elegante.

"Boas tardes", dixo Xulia cun cálido sorriso. "Benvido ao meu estudo de fotografía. Chámome Julia. Como che podo axudar?"

A muller profesional devolveu o sorriso.

"Ola Julia. Chámome Catherine".

Déronse a man mentres Julia estaba detrás do mostrador.

"Encantado de coñecerte, Catherine. Hai algo que poida facer por ti hoxe? Buscas algo en particular?"

"En realidade o son. Encántame o teu traballo. Creo que eres xenial para facer retratos e capturar momentos especiais".

Julia ruborouse.

"Grazas. Estás aquí cunha recomendación?"

"A investigación, en realidade. Creo que as imaxes que tes no teu sitio web son xeniais. Es unha muller con moito talento".

"Fago o mellor que podo".

"Entón, como funciona este proceso?" preguntou Catherine. "A xente póñase en contacto contigo, diche o que quere e despois sacas fotos? Son novo nisto, obviamente".

"Normalmente, así funciona. Ás veces a xente vén ao meu estudo se quere que lles fagan os seus retratos, ou ás veces contratanme para que veña á súa casa".

"Que tipo de fotos adoita facer?"

"Depende", respondeu Xulia. "Se teño que saír, adoita ser para vodas, cerimonias, graduacións, cousas así. No meu estudo adoito facer retratos familiares".

"¿Importache se che fago unha pregunta persoal?"

"Adiante".

"Ganas moito diñeiro facendo isto?"

"É unha vida digna".

"Julia, non vou perder o teu tempo", dixo Catherine nun ton empresarial. "Estou buscando contratar un fotógrafo para unha serie de sesións fotográficas. Vou pagar un bo diñeiro e esixirei total discreción. Todas as imaxes estarán orientadas aos adultos".

"Iso non debería ser un problema", respondeu Julia con confianza. "Eu fixen moito traballo espido antes. Estou cómodo con ese tipo de cousas".

"Que tipo de experiencias tes ao respecto?"

"Na facultade tiven algunhas clases de arte de espidos. Na miña especialidade de fotografía, fixen retratos de espidos sensuais para mulleres. É unha petición bastante común. Supoño que queres algo así".

Catherine sorriu.

"Non do todo. O que fago implica un pouco máis de erotismo".

"É pornográfico?" Preguntou Xulia con cautela.

"Non son unha persoa á que lle guste poñer etiquetas ás cousas. Exploro os límites da sexualidade humana dun xeito moi particular. Teño amigos especiais e gustaríame que documentases algunhas das nosas sesións co teu conxunto de habilidades únicas. un fotógrafo".

Xulia quedou un pouco desconcertada.

"Non podo. Perdón. Sen ofender, pero probablemente non puiden facer o meu mellor traballo nese ambiente".

Catherine meteu a man no seu bolso e puxo unha tarxeta de visita sobre a mesa.

"Grazas polo teu tempo", respondeu Catherine educadamente. "Como artista, esperaba que foses de mente aberta a todas as formas de arte que impliquen o corpo humano. Se tes curiosidade sobre o que fago, chámame. Aínda espero que poidamos traballar xuntos finalmente. día".

"Ti tamén. Grazas por vir. Pido desculpas por non poder axudarte".

"Non pidas desculpas. Isto non é para todos. No reverso da miña tarxeta teño escrito a cantidade que pagaría polos teus servizos. Pense niso".

Dicindo isto, Catherine virouse e abandonou o pequeno estudo.

Fora a oferta máis inusual que recibira Julia desde que comezou o seu propio negocio de fotografía.

Nunca antes lle solicitaran nada abertamente sexual.

Colleu a tarxeta e mirou para ela.

Para a súa sorpresa, Catherine tiña unha posición de alto nivel nun importante banco de investimento da cidade.

Julia deu a volta á tarxeta e viu o prezo que Catherine estaba disposta a pagar, e quedou sorprendida.

CAPÍTULO 2

Máis tarde estaba pensando naquela noite.

A curiosidade aínda estaba na mente de Julia antes de durmir, aínda que unha parte dela quería estar lonxe de Catherine.

Ela foi ao lixo onde o tirara e sacou a tarxeta de visita de Catherine, que tiña enrolada nunha boliña.

Despregouno e botou outra ollada.

Logo foi ao seu ordenador para unha rápida revisión.

Despois dunha pequena busca, Julia atopou a páxina LinkedIn de Catherine.

Catherine era unha executiva de empresaria experimentada cun alto cargo nun importante banco de investimento.

A cantidade de experiencia que tivo Catherine nun alto nivel sorprendeulle a Julia.

Julia continuou a súa busca en liña e atopou a páxina de Facebook de Catherine, que estaba aberta a todos.

Mirou a través das fotos persoais da muller de negocios.

Catherine era fermosa, elegante, sofisticada, cun aura de dominio.

Julia preguntouse por que unha muller así estaría interesada en sacar fotos explícitas.

Pero evidentemente todos teñen os seus segredos, pensou Julia.

A intriga foi suficiente para que Julia cambiase de opinión.

Despois de todo, como de cutre poderían ser estas imaxes?

Seguro que tiñan que ser de bo gusto.

Abriu o seu correo electrónico e escribiu unha mensaxe a Catherine:

Ola Catalina

Espero que te divirtas. Son Julia do estudo de fotografía. Pensei moito na túa oferta e quizais reconsidere a miña postura ao respecto, se aínda estás interesado en traballar comigo. Pero primeiro, teño algunhas preguntas. Hai un momento axeitado no que poidamos falar por teléfono? Ou queres seguir comunicándote por correo electrónico? Avísame.

Coidate,

Xulia"

Mirou o reloxo e xa eran as once e vinte e cinco da noite.

Julia apagou o seu ordenador e botou outra ollada á tarxeta de visita.

Deulle a volta e mirou a nota manuscrita de Catherine: Cincocentos dólares por hora.

só tiña máis curiosidade cando foi para a cama.

CAPÍTULO 3

A mañá seguinte foi unha mañá típica para Xulia.

Cando non había clientes potenciales ou clientes no seu pequeno estudo, pasaba o seu tempo no cuarto escuro desenvolvendo máis fotos.

Foi un traballo tedioso, pero gustoulle.

Cando rematou, saíu do cuarto escuro e mirou para o seu portátil na súa mesa.

Houbo varios correos electrónicos novos.

Os ollos de Julia pasaron pola lista de mensaxes, a maioría delas relacionadas co traballo.

O que chamou a súa atención ao instante foi a resposta por correo electrónico de Catherine.

Ela abriuno:

Xulia

Alégrome de que reconsiderases a miña oferta. É mellor se nos reunimos en persoa para discutir isto. Ven á miña oficina o venres ás oito da mañá. Dareiche unha cita para que te deixen entrar a recepción e a miña secretaria.

Catalina"

O breve correo electrónico foi máis que suficiente para espertar o interese de Julia unha vez máis.

Meteu a man no seu bolso para atopar o enderezo da súa oficina do centro na tarxeta de visita de Catherine.

Púxose en liña e buscou indicacións desde a súa casa, asegurándose de manter a súa axenda clara para o venres pola mañá.

SEGUNDA PARTE
A sala da servidume

21

CAPÍTULO 4

Julia estaba nerviosa parada no ascensor mentres subía ao gran edificio.

Levaba unha camisa abotonada cunha saia de negocios para lucir adecuada nun ambiente corporativo.

Cando o ascensor por fin chegou ao piso, Julia buscou tímidamente o despacho de Catherine na estraña zona para ela.

Cando a localizou, achegouse a unha moza secretaria que lle permitiu entrar no despacho.

Ela en silencio tragou saliva mentres entraba e decatouse de que acababa de interromper o traballo de oficina de Catherine, fose o que fose nese momento.

"Por favor, toma asento", dixo Catherine educadamente dende detrás da súa mesa. "Alégrome de que cambiase de opinión sobre unha posible relación".

Julia sentouse e relaxouse.

"Ben, pensei niso e decateime de que probablemente é algo de bo gusto".

"Mira o meu despacho. Por suposto, todo o que fago é de bo gusto", dixo en broma a empresaria.

"Definitivamente podo ver iso".

"E estou seguro de que o diñeiro que ofrezo axudou a convencerte, é certo?"

Julia ruborouse.

"Iso é parte".

"Está ben", aceptou Catherine. "Agradezo a túa honestidade. Non hai vergoña en querer máis cartos".

"O diñeiro sempre é bo. Non son precisamente rico. Pero máis que nada, encántame a arte da fotografía. Encántame capturar imaxes de persoas que durarán toda a vida. Pareces unha persoa moi interesante e contar a túa historia coa miña persoa. fotos foi unha oportunidade que non podía deixar pasar".

"Sabía que estaba elixindo a muller adecuada para o traballo", sorriu Catherine.

"¿Importaríache darme unha idea do que queres? Entendo a túa necesidade de discreción tendo en conta o tema. Pero a estas alturas, gustaríame saber en que me estou metiendo".

"Estás familiarizado coa servidume e o estilo de vida BDSM?"

Julia quedou sorprendida.

"Sí, son eu."

"Que me podes dicir sobre iso?"

Xulia pensou un momento.

"Non moito. Só sei os clichés que vexo na tele. Xa sabes, látegos, cadeas, coiro. Ese tipo de cousas".

"Ese é só un pequeno aspecto do fetiche", explicou Catherine. "O verdadeiro BDSM trata sobre o dominio e a submisión. Trátase de perder o poder e entregarse completamente a outra persoa. De forma segura e consensuada, por suposto. Os látigos e as cadeas son só ferramentas para acadar un obxectivo específico".

"É ela, como, unha amante ou algo así?" Preguntou Julia nun ton tímido.

"Non me gustan as etiquetas. Pero creo que encaixaría con esa descrición. Iso molesta?"

"Para nada. Umm, creo que o empoderamento feminino é unha gran cousa".

"Eu tamén", aceptou Catherine. "E vas ver un serio empoderamento feminino cando entres no meu cuarto especial. A maioría dos meus subordinados son poderosos empresarios no seu día a día. Molóranse en poñerme de xeonllos en privado".

"E ti?"

"Eu que?"

"Ti tamén te presentas?" preguntou Xulia.

Catherine sorriu.

"Por suposto que si. Non estaría facendo isto se non amase cada segundo".

"¿Como funciona isto? Quero dicir, ven a visitarte? Entón, que? ¿Gáslles ou algo así?"

"Teño un cuarto especial de servidume no meu faiado", respondeu Catherine. "Coñezo diferentes submisas do mundo corporativo. É algo exclusivo. Normalmente os fins de semana. Só por unha hora".

"Por que unha hora?" preguntou Xulia.

"É o tempo perfecto, na miña opinión. Se durase demasiado, as cousas comezarían a doer, de mala maneira. Se fose demasiado curto, non habería suficientes xogos previos para construír as cousas. Unha hora. é o tempo perfecto para construír un clímax incrible".

"Soa provocador".

"Agarda ata que o vexas", dixo Catherine. "Levo unha máscara de ouro. É como un alter ego que teño. Unha vez que se pon a máscara, convértome nunha persoa diferente. Se a xente pensa que son unha cadela na oficina, espera ata que esteas comigo no meu cuarto de servidume ." coa máscara posta e un látego na man. Convértome noutra cousa".

Julia sentíase atraída por Catalina.

Era un novo mundo de liberdade sexual libre de inhibicións persoais.

Repelíao en certo modo, pero ao mesmo tempo, era completamente fascinante.

Non podía esperar para velo e capturalo na cámara.

"Queres que fotografe toda a experiencia, non?" Preguntou Julia, para deixalo claro.

"Quero que fotografes todo menos as caras. A discreción é da máxima importancia xa que os meus traseiros son na súa maioría individuos ricos. Non se che permitirá saber quen son. Estarán enmascarados en todo momento".

Os dedos de Julia torcíanse.

"Serei sincero. Todo isto paréceme raro. Nunca me pediron que formase parte de algo así. Nin sequera vin estas cousas en vídeo, o que non significa que non o fixera. porno visto. É todo moi novo para min".

"Entón eu te envexo", respondeu Catherine.

"De verdade por que?"

"Porque explorarás isto por primeira vez, con ollos virxes".

"Definitivamente será o caso", respondeu Xulia.

"Dime, estás satisfeito coa túa vida sexual?"

"Que queres dicir?"

"Está satisfeito sexualmente?" —preguntou Catalina sen rodeos. "Corres como queres? Gustaríache ter mellores orgasmos? Gustaríache que alguén te foda corpo e alma?"

Julia quedou sorprendida pola liña de preguntas da respectable empresaria.

"A miña vida sexual podería ser mellor", admitiu. "Estou solteiro. Hai moito tempo que non saio. É o prezo persoal que pago por levar o meu propio negocio".

"Entón probablemente te masturbes moito".

"Máis ou menos."

Catherine colleu un bolígrafo e un bloc de notas e comezou a escribir.

Unha vez que rematou, entregoulle a nota a Xulia.

"Ese é o enderezo do meu apartamento", dixo Catherine. "A seguinte sesión é o sábado ás dez da noite. Non chegues tarde. Pagarán cincocentos dólares por toda a hora. Fai fotos de todo o que queiras, excepto caras ou calquera cousa que poida usar para identificar a alguén. . As imaxes pertencerán exclusivamente a min. Así que, por favor, non as publiques en ningún lado. A miña secretaria terá un contrato e formularios de confidencialidade preparados para que os asines cando abandones o meu despacho. Iso será todo polo momento".

Xulia ergueuse.

"Grazas. Estou ansioso pola nosa reunión do sábado".

Catherine tamén se levantou e as dúas mulleres déronse a man para pechar informalmente o trato.

"Unha cousa máis, usa un vestido bonito cando veñas. Quero que te vexas ben".

A mirada no rostro de Julia cambiou.

Nese mesmo momento, acababa de darse conta no que se metía.

CAPÍTULO 5

Despois de reunirse co secretario para asinar os formularios e os acordos, Julia saíu apresuradamente do edificio corporativo para tomar aire fresco.

A súa mente era unha mestura de emocións.

Tiña curiosidade, pero estaba nervioso.

Estaba intrigado, pero reticente.

Decatouse de que todo isto estaba á cabeza, pero xa era demasiado tarde para volver atrás.

Ela xa dera a súa palabra, asinara os contratos e non había volta atrás.

A rúa do centro estaba ateigada e ela vía aos empregados da empresa camiñar cara aos seus destinos, mentres ela estaba completamente nerviosa.

Julia viu unha pequena cafetería ao aire libre e achegouse a unirse á cola.

Necesitaba desesperadamente algo forte para beber.

No momento en que Julia se poñía na fila, escoitou unha voz que a chamaba por detrás.

Dándose a volta, viu que a secretaria persoal de Catherine se achegaba a ela cun sorriso.

A secretaria era sorprendentemente nova, duns vinte anos, e era moi fermosa.

"Esquecín asinar algo?" Preguntou Julia, mentres a secretaria se achegaba.

"Non. Todo iso xa está feito. Estou no meu descanso e quería falar contigo".

"Oh!, por que?"

"Sei para que te contrataron", dixo. "Cando asinaches os documentos, parecías aterrorizado, como se estiveses a asinar un contrato sobre a túa vida".

"Podes culparme por sentirme así?"

A secretaria sorriu.

"É unha sensación normal. Sei exactamente o que estás pasando".

"Vostede sabe diso?" preguntou Xulia.

"Si. Digamos que pasei por un amplo proceso de entrevistas para conseguir o meu traballo como secretaria de Catherine".

Xulia non tardou moito en facer a conexión.

Inmediatamente deuse conta de que a fermosa moza secretaria era sexualmente sumisa a Catherine.

Xulia fixo todo o posible para non sorprenderse.

"Entón, ti e Catherine?" Preguntou Julia suxestiva e curiosa.

O secretario asentiu con orgullo.

"Pregunteime ao traballo sabendo que non estaba cualificado para traballar para unha muller corporativa de primeiro nivel. Pero pensei que non tiña nada que perder. Ela entrevistoume persoalmente. Podía dicir que lle gustaba o meu aspecto. E antes de que me decatara. Asinei moitos dos mesmos documentos que ti fixeches. Despois deixoume entrar no seu mundo privado de aventuras".

"Por que me dis isto? Non quero parecer groseiro, pero esa non é exactamente a información que debería compartirse".

"Parece que podes necesitar un amigo. Non quero que esteas nervioso".

"Grazas", respondeu Xulia. "Non obstante, xa estou nervioso. Non podo evitar sentir que cometín un gran erro. Non estou seguro de poder manexar un fetiche así".

"Pensei o mesmo cando comecei a involucrarme con ela. Estaba aterrorizado cando vin por primeira vez a súa sala de servidume. As miñas mans tremían cando comezamos o proceso. Pero agora, non podo estar sen ela".

"Que che fixo cambiar de opinión?" preguntou Xulia.

"Un pracer".

CAPÍTULO 6

Sábado pola noite.

Julia foi ao piso coa cámara na súa estuche, e levaba un vestido amarelo que mercara expresamente para a ocasión.

Eran as nove da noite.

Chegou unha hora antes da cita cando subiu o ascensor.

Ser puntual era parte do traballo.

Cando chegou ao piso, Julia chegou ao apartamento de Catherine e chamou.

Non tivo que esperar moito para que Catherine abrise a porta descalza cunha bata de seda.

O cabelo de Catherine estaba ben peinado, así como a súa perfecta maquillaxe.

"Chegas cedo", sorriu Catherine.

"Sempre gústame chegar cedo. É un problema? Sempre podo volver un pouco máis tarde..."

"Non, non, está ben. Entra. Alégrome de que chegues cedo. Dános a oportunidade de falar un pouco máis".

Xulia entrou no apartamento e marabillóuse de todo.

"Hermoso lugar", dixo Julia con admiración. "Isto é marabilloso. Nunca vin nada así na cidade".

"Haberá moitas cousas esta noite que non viches antes".

"Estou seguro de que tes razón. Podo ver o teu cuarto de servidume? Gustaríame sacarlle algunhas fotos agora mesmo".

"Aínda non", respondeu Catherine. "Quero que fagas fotos cando comece todo, non antes".

"Ben."

"Algo asustado?"

Xulia pensou un momento.

"Un pouco. Pero estarei ben. Definitivamente teño curiosidade. Nunca formei parte de algo así".

"Es o tipo de muller que vai gozar disto. Pódoo sentir".

"Que che fai dicir iso?"

"Levo moito tempo facendo isto", respondeu Catherine. "Podo contar moito sobre os hábitos sexuais da xente só con miralos. Despois desta noite, seguro que terás ganas de volver. Engancharás. Confía en min".

Julia de súpeto sentiuse incómoda ante a suposición de Catherine.

Ela intentou seguir sendo profesional e seria.

"Entón, que me podes dicir sobre o convidado desta noite?" Preguntou Julia cambiando de tema.

"É rico. É un amigo meu de moito tempo. Adoito recibir consellos comerciais del, pero sexualmente, recibe as súas ordes de min. Non lle verás a cara e non coñecerás a súa identidade".

—¿A que hora chegará?

"Está aquí", sorriu Catherine.

"El é ...?"

Catherine fixo un xesto polo corredor.

"Está no meu cuarto principal. Queres botarlle unha ollada?"

Ambas mulleres percorreron o corredor do luxoso apartamento.

A frecuencia cardíaca de Julia aumentou como se estivese facendo un exercicio de cardio.

O seu corazón latexaba rapidamente cando Catherine abriu a porta do dormitorio principal.

"Aí está", dixo Catherine.

Xulia case quedou sorprendida cando viu a un home de mediana idade sentado na cama, vestindo só a súa roupa interior.

O seu rostro e a súa cabeza estaban cubertos cunha máscara de coiro negro.

Había buratos nel para que puidese ver e falar.

Mirou directamente a Xulia.

corpo reflectía a súa idade e a súa figura era lisa e gordita.

As súas mans estaban atadas por unha corda.

"Que pensas?" —preguntou Catherine cun sorriso malvado.

"Non sei que pensar".

"Ben, tes medo do que lle vou facer? Isto encántache dalgún xeito? Debes ter algunhas ideas sobre iso".

"Certamente é unha imaxe moi provocadora".

Catherine sorriu.

"Se cres que isto é provocativo, agarda ata que comece o programa. Aínda non é hora, aínda".

Pechou a porta do cuarto e quedaron no corredor.

"Mentres tanto", dixo Catherine mirando o corpo do fotógrafo. "Pensei que che dixen que puxeses un vestido bonito esta noite".

Julia mirou brevemente o seu vestido amarelo barato.

"Sentímolo. Este foi o mellor que puiden atopar".

"Non é o suficientemente bo. Sígueme".

As dúas mulleres dirixíronse a un cuarto diferente ao final do salón.

Era unha habitación de hóspedes, que era tan impresionante como a sala principal.

O cuarto estaba ordenado e a cama parecía recén feita.

Catherine abriu o armario e buscou brevemente a gran variedade de roupa cara.

Cando atopou o que buscaba, tirouno na cama.

Era un vestido negro elegante e delgado.

"Póntalo", dixo Catherine. "Non quero que leves outra cousa que iso, nin sequera os teus zapatos".

"E o meu sutiã e as bragas?"

" Tampouco. Será iso un problema?"

Julia meneou a cabeza.

"Non".

"Ben. Vístete neste cuarto. Volverei pronto cando me poña as botas e me quite esta bata".

"Ben."

"Estás preparado para isto?" preguntou Catherine.

"Eu son."

"Pareces incómodo. Está ben estar nervioso. Pero se non queres continuar, tamén está ben. Sempre podo atopar a outra persoa e ata che pagarei esta noite".

Xulia respiro brevemente.

"Non. Quero facer isto. Poñerei o meu vestido e estarei listo cando esteas ti".

"Excelente", sorriu Catherine, antes de volverse para marchar.

Julia quedou soa no luxoso cuarto de hóspedes.

Mirou o vestido negro deitado na cama e preguntouse canto valía.

Parecía caro.

Baixou a cámara, quitou o vestido amarelo e tirouno na cama.

Quitou os zapatos.

Finalmente, como lle pediu Catherine, quitou o suxeitador e as bragas e quedou espida na habitación.

Mirou a súa aparencia espida no espello, observando o normal que parecía.

Colleu o vestido negro e púxoo, logo volveu mirarse ao espello.

Esta vez, ela parecía moi diferente.

Parecía unha muller de clase e elegancia.

"Fermoso", dixo a voz de Catherine dende o corredor.

Xulia quedou sorprendida de que fora observada, pero non estaba segura por canto tempo.

Os seus ollos ensancharon cando viu a Catherine cun corsé negro e unhas longas botas negras.

A aparencia de Catherine contrastaba marcadamente coa súa vestimenta profesional habitual.

"Oh, grazas", respondeu Xulia en voz baixa. "Ti tamén tes fermosa".

"Agora é o momento. Desbloqueei a miña habitación especial. Está no corredor. Agarda por min alí coa túa cámara preparada e traerei ao noso convidado especial. Podes facer as fotos como queiras. Gañou Non che dou instrucións sobre como facer o teu traballo. Depende de ti".

"Grazas."

Catherine pasou a un lado, facéndolle sinal a Julia que era hora de ir soa á sala da servidume.

Julia respirou suavemente e coa súa cámara grande na man, pasou por riba de Catherine e dirixiuse polo corredor cara á sala aberta.

CAPÍTULO 7

A sala de servidume era grande e as paredes estaban cubertas de acolchado negro.

Era unha sala moi ben iluminada.

Os ollos de Julia percorreron os diversos artigos e aparellos sexuais expostos.

Había unha gran variedade de consoladores, xoguetes sexuais, cadeas e pinzas.

Había unha cadeira e unha mesa no cuarto, que eran os únicos mobles dispoñibles.

Había un gran reloxo na parede para asegurar que cada sesión durase exactamente unha hora.

Non foi ata que escoitou o son dos tacóns de Catherine facendo clic no chan cando Julia recordou que tiña un traballo específico que facer.

Xa estaban chegando, e Xulia preparou a súa cámara para facer fotos.

O primeiro que Julia viu entrar na habitación foi o home de mediana idade, coas mans aínda atadas e o rostro aínda cuberto para protexer a súa identidade.

Xulia fíxolle unha foto.

Entón Catherine entrou no cuarto.

Levaba unha máscara de ouro brillante que lle cubría a cara, pero deixaba caer o cabelo libremente.

A máscara parecía creada no século XV máis ou menos para algunha familia real, pensou Julia.

Julia tomou fotos de Catherine levando ao home ao cuarto e despois pechando a porta.

Julia observou con curiosidade como o home atado tiña que axeonllarse.

Catherine ordenoulle que se puxera de xeonllos e permanecese calado.

Xulia fixo máis fotos.

Catherine achegouse á súa colección de xoguetes sexuais e buscou o que quería.

Finalmente decidiuse cun consolador longo e cor carne.

Pero aínda non rematou.

Fixou o consolador a un cinto, despois colocouno sobre o corsé de coiro.

Xulia fixo máis fotos.

"Estás preparado esta noite?" Catherine preguntoulle ao seu home submiso.

"Mmm... Hmmm..." murmurou de novo.

"Bo rapaz", dixo Catherine nun ton condescendente. "Agora quero que o teu cu pequeno se incline sobre a mesa".

O home ergueuse e situouse sobre a mesa, co estómago sobre ela e as pernas separadas.

O home demostrou que xa fixera isto varias veces antes, e que estaba a gozar de cada momento, por moi tormentosa ou degradante que lle parecera a unha persoa normal a experiencia.

Catherine colleu unha pequena paleta de madeira e comezou a golpear suavemente as costas do home.

Ao principio era suave, coma se ela se preocupase polo seu benestar.

Coa pa empezou a golpear con máis forza, despois aínda máis.

O home comezou a murmurar coa boca mentres os golpes se facían máis intensos.

Xulia case lle sentía mal, pero fixo o seu traballo e fíxolle fotos.

"Gústache, porquiño?", díxolle Catherine, continuando coa pa.

"Mmm... Hmm..."

"Teño algo máis para ti".

Catherine deixou a pa e atou as mans e os nocellos do home a diferentes esquinas da mesa.

Foi atrapado.

Toda a súa confianza foi depositada completamente en Catherine.

Ela estaba á súa vontade e á súa mercé.

Colleu unha botella de lubricante e untou unha gran cantidade na punta do dedo.

Julia tomou fotos de primeiro plano do dedo lubricado de Catherine.

A continuación, Julia tomou fotos de primeiro plano do dedo entrando no ano do home.

Xemeu mentres estaba sendo penetrado polo dedo de Catherine.

Despois introduciu dous dedos.

Despois tres.

Julia preguntouse se o home estaba a gozar.

Pero iso non era asunto seu.

O traballo de Julia consistía en sacar unha foto da penetración, e ela fixo, a cámara captábao todo.

O estómago de Julia case caeu cando viu a Catherine colocarse detrás do home, o gran pene atado á cintura apuntando directamente ao home estirado detrás.

Julia estaba disposta a berrar e suplicar en nome do indefenso da mesa.

Ela quería parar esta loucura no seu nome.

Pero ela non o fixo.

Non era o seu papel.

A súa boca estaba aberta con incredulidade, e baixou brevemente a cámara para poder ver a penetración anal cos seus propios ollos.

Foi unha visión discordante.

Ela levantou a cámara, apuntou directamente á penetración anal e fixo máis fotos.

CAPÍTULO 8

luns.

Era pola mañá cedo e Julia estaba de pé no seu cuarto escuro desenvolvendo todas as fotos que fixera para Catherine.

En total foron máis de duascentas imaxes.

Os primeiros lotes estaban listos.

A calidade da imaxe era boa, e ela admiraba o seu propio traballo.

Sabía que Catherine estaría feliz coa forma en que capturou a sala de servidume.

Sabía que a Catalina tamén lle gustaría como se capturaba o home sumiso.

Había imaxes que capturaban a Catherine coa súa roupa, e había primeiros planos da máscara de ouro.

Julia mirou brevemente o resto das tiras de película que tomara.

Mirou a imaxe do home chupando o obxecto sexual, sendo azotado e logo sodomizado durante un longo período polo gran cinto.

O seu latido do corazón subiu.

Despois mirou a imaxe do home que estaba sacudido por Catherine.

Este disparara unha carga masiva de seme ao chan, que despois lle ordenou limpar coa lingua.

Xulia sentiu unha sensación de ardor entre as súas pernas.

Ela estaba excitada no seu cuarto escuro, do mesmo xeito que o estivera no cuarto de servidume de Catherine.

Desabotouse os pantalóns e deslizou a man dereita polas bragas.

Viu a película que se estaba a desenvolver, o home chupaba o consolador mentres estaba de xeonllos e tocouse sexualmente.

Lembrou todo o que sentiu cando o viu todo por primeira vez.

Ela visualizouno sendo sodomizado e Catherine masturbándoo.

Tocouse pensando no home que chupaba as tetas de Catherine .

Ela pensou en todos os comentarios verbalmente degradantes que lle fixera e na difícil situación na que se atopaba.

Entón Julia imaxinouse na posición do home.

Preguntouse se podería gozar de ser feita chupar un consolador e sodomizada nunha posición tan degradante.

Cando tivo un orgasmo no cuarto escuro, deuse conta de que a resposta era si.

TERCEIRA PARTE
Máscara dourada e vestido negro

CAPÍTULO 9

Dous meses despois, Julia levaba un vestido novo cando foi ao despacho de Catherine.

Convidárona a unha reunión privada.

Unha vez que chegou ao piso sen dubidalo, mantivo unha breve discusión co secretario e permitíronlle entrar no despacho de Catherine.

As dúas mulleres saudáronse cunha aperta, e ambas sentáronse nos seus respectivos asentos, con Catherine detrás da súa gran mesa e Xulia sentada fronte a ela.

"Podo dicir honestamente que es o mellor empregado que tiven", dixo Catherine. "Isto significa algo, tendo en conta a cantidade de persoas cualificadas que traballaron para min ao longo destes anos".

Un sentimento de orgullo invadiu a Julia.

"Grazas. Estou facendo o mellor que podo".

"¿Gústache terme como teu patrón? Teño sona de ser unha auténtica cadela, que se merecía".

"Non creo que sexas unha cadela en absoluto", respondeu Xulia xoguetona. "Creo que es unha muller forte. E facilmente es a empresa máis intrigante que tiven. Cada semana é incrible. Encántame. Sempre espero as nosas reunións".

"Ben, por desgraza, os teus servizos xa non van ser necesarios", dixo Catherine nun ton de negocios contundente. "Completaches a túa tarefa fotografando todos os meus submarinos. Creo que fixeches un traballo marabilloso. O teu traballo superou con creces as miñas expectativas".

Julia quedou sorprendida.

Encantáralle gozar, ver e facer fotos da vida sexual secreta de Catherine.

Ir ao seu apartamento os sábados pola noite era a súa emoción da semana.

E masturbábase en privado cada vez que chegaba á casa.

Tamén se afeccionou á compañía de Catherine semanalmente.

"Oh, ben, alégrome de que che gustase o meu traballo", respondeu Xulia, intentando non parecer devastada.

"Non son o único ao que lle gusta. Todos os meus suplentes masculinos están de acordo en que fixeches un traballo excelente coa túa fotografía. Recibirás unha gran bonificación por isto. Cando deixes o meu despacho, a miña secretaria farao, entregándoche un sobre cos cartos".

"Es moi amable por parte de ti."

Catherine sorriu.

"Non é un problema".

"Hai algunha maneira de que... poidamos... continuar isto?" Preguntou Julia con toda a confianza que puido reunir. "Como fotógrafo, creo que podemos explorar moito máis que aínda non fixemos".

Catherine levantou unha cella.

"¿De verdade? Entón o fotógrafo tímido quere seguir traballando para min. É interesante".

"Ben, estou interesado na túa afección", admitiu Julia pese a si mesma. "É algo fascinante, e creo que fixemos un gran traballo xuntos en canto a facer arte".

Catherine pensouno un momento.

"Podo ter algo máis para ti. Sen garantías. Pero pode estar fóra do teu alcance".

A atención de Julia espertouse de súpeto.

"Que é?"

"O fetiche da bondage é máis común no mundo dos negocios do que se pensa. É moi popular entre os homes poderosos, porque lles encanta o cambio de roles. Encántalles ceder o control a mulleres sedutoras despois de ser a xefa de todo" . interesado ata agora?"

"Claro".

"Xenial. Porei en contacto cos organizadores do evento para ver se podes unirte".

"¿Acontecemento?" preguntou Xulia.

"Si, é un pequeno evento que ocorre de cando en vez. É unha festa de servidume, basicamente, onde os ricos e poderosos realmente se divirten, como os adultos".

"Isto parece algo que me encantaría ver".

Catherine sorriu.

"Non tes nin idea. É tan sucio e vulgar, todos están enmascarados. Todo é completamente discreto. Ademais, é unha tradición".

"Que estaría facendo alí?"

"Fai fotos. Que outra cousa sería? Quizais os organizadores do evento queiran unhas fotos bonitas para lembrar ou algo así".

"Definitivamente podo facelo", respondeu Julia. "Para ser honesto, desde que comecei a facer fotos das túas sesións de bondage, todo o que fago no traballo parece bastante aburrido en comparación".

Catherine sorriu.

"Sabía que che gustaría. Ti es ese tipo de rapaza. Agora, se me desculpas, teño unha cita nuns minutos".

"Oh, claro. Grazas polo teu tempo".

Julia ergueuse e tendeu a man para darlle a man antes de marchar.

"Unha cousa máis", engadiu Catherine. "Os meus outros amigos non sempre xogan legalmente. Entón, se queres seguir traballando para min, entón tes que estar seguro".

"Estou seguro."

Catherine asentiu.

"Penseino. Seguiremos en contacto. E porémonos en contacto contigo pronto".

CAPÍTULO 10

Unha semana despois.

Era a madrugada do martes.

Xulia foi espertada por unha serie de golpes na porta.

Ergueuse da cama, mirouse brevemente no espello e abriu a porta.

Para a súa sorpresa, era a secretaria de Catherine sostendo un pequeno paquete.

"Bos días", dixo a secretaria cun sorriso radiante.

"Bos días, entra".

A secretaria entrou no pequeno apartamento co paquete, e Julia pechou a porta.

"Perdón por molestalo tan cedo", dixo a secretaria. "Estou ocupado o resto do día, así que esta era a única vez que tiña".

"Non te preocupes. Queres un café ou algo de beber?" preguntou Xulia.

"Estou ben, moitas grazas".

"Entón, que te trae aquí esta mañá?"

"Catherine púxose en contacto cos organizadores do evento", respondeu o secretario. "Todo o mundo adora o teu traballo e pensa que as túas fotos serían benvidas".

"Esta é unha gran noticia. Encantaríame asistir".

"Non obstante, hai unha condición".

"Que é?" preguntou Xulia.

"O evento de bondage é exclusivo e non deixan entrar a ningún estraño. Polo tanto, terás que ter unha iniciación antes de poder facer fotos alí".

A noticia espertou a Julia máis forte que calquera cunca de café.

"Que queres dicir?"

"Hai un proceso de iniciación para novos membros. Díxenme que non hai maneira de evitarlo. Tes que facelo, se queres seguir traballando para Catherine".

"Ben, que require esta iniciación? Algo extremo?"

"Cada vez cambia", respondeu o secretario. "Inicíteme hai uns anos, e foi bastante tranquilo. Pero para outras persoas, guau. Non me gustaría que foran eles".

Xulia de súpeto sentiu que a súa mente daba voltas.

El quería o traballo máis que nada, e non quería decepcionar a Catherine negándose.

"Dille a Catherine que o farei", dixo Julia.

A secretaria sorriu e puxo o paquete nunha mesa próxima.

"Ela sabía que estarías interesado. Isto é para ti".

"Que é?"

"Ábreo e verás".

Julia levantou a tapa do paquete para ver unha máscara dourada sobre un fino pano negro.

A máscara era elegante e similar á que levaba Catherine durante cada sesión de bondage.

"Para que serve?" Preguntou Julia, mentres levaba a máscara para examinala.

"Terás que levalo ao evento. É do mesmo tipo que Catherine, o que fará saber á xente que es o seu convidado e o seu subordinado".

Xulia continuou mirándoo.

"É unha máscara fermosa".

"Certamente o é. Tamén hai unha roupa no paquete. Terás que usala. Nada máis, salvo os tacóns".

Julia levantou o fino pano negro do paquete.

Era completamente transparente.

"Non me permiten poñer nada máis debaixo?" preguntou Xulia.

"Non, nada. O evento comeza ás sete da noite do sábado. Un condutor virá buscarte ás seis, así que prepárate. Podes levar un abrigo para cubrirte o corpo cando camiñas ata o coche, pero quítao unha vez ata chegar ao evento. Non esquezas levar a máscara e a cámara".

"Podo facerche unha pregunta persoal?"

"Claro", respondeu o secretario.

"Cres que podo pasar con isto? Quero dicir, na túa opinión, cres que serei capaz de manexar o que vai pasar no evento?"

A secretaria sorriu.

Só hai unha forma de descubrilo".

CAPÍTULO 11

Sábado pola noite.

A porta do ascensor abriuse e Julia camiñou axiña polo corredor do seu edificio de apartamentos.

Levaba tacóns altos e un abrigo grande.

Debaixo, levaba o vestido negro transparente e nada máis.

Suxeitaba o paquete coa máscara de ouro dentro, e outra caixa que contiña a súa cámara.

Camiñaba tan rápido como puido para que ninguén a vise.

Agardábaa un coche negro, co condutor mantendo a porta aberta.

Cando entrou no coche, viu a Catherine sentada no asento traseiro.

Unha vez que Julia estaba sentada, o condutor pechou a porta e dirixiuse cara ao seu destino.

"Pareces bonito con esa roupa", dixo Catherine. "Dá gusto verte en algo un pouco máis sexy do que usas normalmente".

"Grazas. Ti tamén tes xenial".

Os ollos de Julia percorreron o corpo de Catherine, que estaba moito máis espido.

Catherine non estaba avergoñada de estar sentada no coche vestindo só un fino vestido negro.

Todas as curvas do seu corpo eran totalmente visibles e os seus grandes pezones marróns podían verse a través do material fino.

"Pareces un pouco nervioso", sinalou Catherine.

"Máis ou menos. Todo este proceso é bastante intimidante para min. Oín que hai unha iniciación pola que teño que pasar".

Catherine sorriu.

"Escoitou o correcto."

"Podes polo menos darme unha idea do que vai pasar?" Preguntou Xulia con timidez.

"Teño medo que non, cariño. Pero non te preocupes. Estás en boas mans".

"Espero que si. Deus, isto dá un pouco de medo".

"Entón por que estás aquí?" —preguntou Catalina sen rodeos. "Cal é o verdadeiro motivo? Ten que ser algo máis que curiosidade profesional. Admíteo, es unha puta secreta".

"Non son unha puta".

"Entón quizais debería pedirlle ao condutor que dea a volta a este coche e o conduza de volta ao teu apartamento.

"Espera", respondeu Julia rapidamente. "Estou aquí porque me gusta o que fas. Paréceme emocionante. Quero seguir observandote".

"¿Tes fantasías de unirte? Algunha vez pensaches en que te peguen, tes obrigado a levar unha correa contigo dentro dalgún dos teus buratos axustados?"

"Si o fago".

Un sorriso travieso apareceu no rostro de Catherine.

"Por suposto. Sabía que tiñas potencial de presentación desde o día que entrei no teu estudo. Normalmente son as mozas tranquilas as que fan as putas máis grandes".

"Non son unha puta".

"A iniciación debería encargarse diso. Lembra que ninguén te obriga a estar aquí. Podes marchar cando queiras".

Un arrepío de medo e emoción fixo baixar a Julia pola columna vertebral.

Preguntouse que quería dicir Catherine, pero Catherine só volveu a cabeza cun leve sorriso e mirou pola ventá do coche.

CUARTA PARTE
Dor e pracer

CAPÍTULO 12

Abríronse as portas de seguridade e permitiuse o acceso do coche á gran propiedade.

O coche parou diante dunha mansión, e as dúas mulleres saíron dela.

"Aquí é onde nos poñemos as máscaras", dixo Catherine. "E quítache o abrigo. É hora de lucir ese teu corpo tan bonito".

Julia quitou o abrigo e tirouno ao coche.

Unha leve brisa de vento lembroulle o vulnerable que era.

Ela sentiu o espazo entre as súas pernas formiguear polo aire frío.

Os seus pezones rosas ríxidos por unha segunda volta de brisa.

Julia pechou as pernas con forza nun intento débil de cubrir a súa feminidade.

Ambas mulleres puxeron as súas máscaras de ouro.

Julia entrou no coche e colleu a cámara.

Pecharon as portas e o coche marchou.

A entrada da mansión estaba vixiada por dous homes robustos.

Tamén levaban máscaras e gardaban silencio mentres as dúas mulleres se achegaban a elas .

"Contrasinal, por favor", preguntou un dos gardas de seguridade enmascarados.

"Toalla", respondeu Catherine.

"Podedes seguir, señoras".

O garda abriu a porta e entraron na mansión.

Julia marabillóuse coa extravagancia do edificio.

Parecía que foi construído para unha familia real.

Nas paredes expuxéronse pinturas, decoracións e obxectos de colección.

A entrada pola que entraron estaba cuberta por unha gran alfombra vermella.

Percorreron un gran salón.

"Tes que esperar un tempo no cuarto de hóspedes", dixo Catherine. "Pronto virá alguén a buscarte".

Julia respiro profundamente.

"Ben."

"Estarás ben. Tranquila".

"Podes dicirme que vai pasar?" preguntou Xulia. "Estaría menos nervioso se o soubese".

"Non. Agarda na sala ata que veña buscarte alguén. Manteña a máscara posta e deixa alí a cámara. Haberá moito tempo para facer fotos máis tarde".

Catherine abriu a porta e fíxolle un aceno a Julia para que entrase na habitación.

O cuarto de hóspedes era sinxelo, con algúns mobles de madeira.

Julia respiro profundamente e entrou.

CAPÍTULO 13

Perdeu a conta do tempo que agardou.

Nunca se quitou a máscara.

Despois de aburrirse sentada e agardar, Julia púxose diante dun espello e mirou para si mesma.

A máscara era preciosa.

E non podía deixar de pensar en como os seus pezones rosas e a vaxina eran visibles a través do fino tecido do vestido.

Cuestionouse a si mesma e as súas razóns para estar alí.

Antes de que puidese pensar máis, chamaron á porta.

Entrou unha muller, completamente espida, levando só unha máscara de ouro.

"Sígueme", dixo suavemente a muller espida.

Julia seguiuna fóra da habitación e polo corredor.

Quedou máis escuro.

Moitas das luces estiveran apagadas e había un gran número de velas acendidas en todas as direccións.

Había un grupo de enmascarados de pé no corredor.

Algúns estaban espidos, outros levaban traxe.

Todos levaban máscaras.

Estaban de pé en círculo, con Catherine de pé no centro.

Catherine estaba completamente espida excepto pola máscara.

Era a primeira vez que Julia vía o corpo completamente espido de Catherine.

Julia admiraba a súa figura tonificada e as curvas voluptuosas con grandes pezones marróns.

Xulia foi conducida ao centro do círculo, de pé directamente diante de Catherine.

Os outros hóspedes enmascarados da sala permaneceron en silencio.

"Benvida Julia", dixo Catherine. "A comisión decidiu admitila no noso Club privado. Non foi unha decisión fácil, pero a calidade do seu traballo e a súa discreción é o que lle permitiu ingresar. Non obstante, hai condicións para esta aceptación, queres saber que Eles son?

"Si", Julia asentiu nerviosa.

"Primeiro, debes experimentar a submisión sexual para que o vexa o grupo. En segundo lugar, debo usar quince clips de roupa no teu corpo durante o proceso. Finalmente, debes ter un orgasmo polo menos dúas veces na seguinte hora. Todas as condicións son obrigatorias. Podes aceptar. eles ou marchar".

Julia respiro profundamente.

"Estou de acordo."

"Díganos por que estás de acordo. Por que queres que che fagan actos tan dolorosos e degradantes? Es unha rapaza moi doce".

Xulia pensou un momento.

"Ver as túas sesións durante os últimos dous meses abriume os ollos a algo novo. Quero seguir formando parte disto".

"Aínda que supoña ter que pasar por esta iniciación?" preguntou Catherine.

"Si".

"E iso que che fai?"

"Nunha puta".

Catherine asentiu.

"Quítate a roupa. Amósanos o teu fermoso corpo".

Houbo un calafrío pola columna vertebral de Julia.

A pesar das máscaras, Julia podía sentir todos os ollos da sala esperando con expectación.

Baixou o traxe transparente ata os pés, quedando completamente espida.

Resistiu o impulso de cruzar as pernas e permitiu que a súa entrepierna ben afeitada permanecese espida.

Tamén resistiu o desexo de cubrir os seus pequenos peitos e permitiu que os seus pezones rosados saísen.

Catherine avanzou e estaba a só uns centímetros de Julia.

Estendeu a man e tocou o pequeno peito de Xulia, acariñando a súa man suavemente.

Rodeou o pezón rosa co seu dedo, despois pinchouno con forza.

"Ohh..." Julia boqueou.

"Estouche a machucar?"

"Un pouco."

"Entón, imos parar?"

Julia sabía que lle estaban dando un sutil ultimato.

"Non. Por favor, non pares".

Catherine apertou aínda máis o pezón, facendo que Julia volvese boquear.

"É posible que isto non che guste ao principio, pero a ti..."

Unha muller espida enmascarada achegouse a eles sostendo unha almofada cunha pequena pila de pinzas para a roupa.

Catherine colleu un dos clips, abriuno e colocouno no pezón de Julia.

Lentamente, deixou que o clip apretara o pezón, pouco a pouco.

Catherine soltou a pinza que presionou con forza o pezón, facendo que se inchara.

"Doe moito", dixo Julia con tranquila desesperación.

"Queres parar? As condicións non son negociables".

"Canto tempo estará alí o clip?"

"Ata que teñas o orgasmo dúas veces esta noite. Podo acelerar as cousas se queres. Sería máis fácil para un principiante coma ti".

"Por favor..."

Catherine atopou outra pinza para a roupa e usouna sen piedade no outro pezón de Julia.

"Ahhh..." berrou Xulia.

"Ata agora son dous clips. Quedan trece".

—Onde os vas poñer? Preguntou Julia, case asustada.

Catherine inclinouse cara adiante e susurrou ao oído de Julia.

"Que tal os teus labios? Ese é o lugar tradicional para unha muller. Queres deixar de sufrir ou unirte ao noso club?"

Era o punto de non retorno.

Xulia decidiuse nun momento, aínda que lle doían os pezones.

Os seus pezones en lugar de rosas volvéronse nun ton escuro de vermello.

"Négome a renunciar".

"Entón déite de costas. E separa as pernas".

Julia estaba deitada de costas no chan alfombrado, coas pernas abertas.

A súa feminidade estaba totalmente exposta, á espera da dor dos clips de roupa.

Catherine axeonllouse e tomou o seu tempo examinando a cona diante dela.

Ela estudouna e admirouna.

Catherine colleu un clip de roupa, abriuno e levantou o lado esquerdo dos beizos de Julia.

"Isto pode doer un pouco", advertiu Catherine. "Es unha muller adulta. Así que actúa como tal".

Con esas palabras de precaución, Catherine soltou cruelmente o clip, facendo que de súpeto apretase os beizos, facendo que Julia gritara.

Catherine sorriu e alcanzou outro clip, esta vez soltándoo suavemente aos seus beizos.

A presión do segundo clip fixo que os beizos cambiasen de forma.

Catherine continuou o proceso ata que o lado esquerdo dos beizos de Julia quedou cuberto con pinzas para a roupa.

"Como se sente a túa coña?" preguntou Catherine.

Xulia apoiou a cabeza na alfombra e loitou contra a dor dos seus pezones e os beizos pinchados polas pinzas da roupa.

"Déeme moito".

"Iso demostra que es humano. Estou orgulloso de ti por durar tanto tempo. A túa iniciación é máis dura que a maioría porque a túa formación financeira non é a mesma que a nosa e non tes antecedentes de escravitude".

"Entendo."

"Boa cadela. A parte difícil está case rematada".

Catherine alcanzou outro clip de roupa, esta vez colocándoo suavemente sobre os beizos dereitos de Julia.

Xulia xa non retrocedeu e non xemiu.

Xa se acostumbrara á dor nas súas zonas sexuais sensibles.

O patrón continuou ata que todos os clips foron usados no coño de Julia.

A vaxina, antes bonita e atractiva, de súpeto deformouse.

Os labios estiráronse en diferentes direccións como arxila.

Catherine mirou dentro do coño rosa de Julia e viu que estaba mollado.

"Estás preparado para o teu primeiro orgasmo", dixo Catherine. "Non é así?"

"Eu son."

Catherine golpeou o centro da coña de Julia sen previo aviso.

O choque fixo que Julia gritara nunha rara combinación de dor e pracer.

As azotes de coño de Julia continuou ata que as puntas dos dedos de Catherine quedaron cubertas de fluídos vaxinais.

"Estás empapada, querida", dixo Catherine. "Creo que estás preparado".

Con iso, Catherine introduciu dous dedos dentro do seu coño e usou os dedos da súa outra man para xogar co clítoris de Julia.

Foi unha combinación potente.

Os seus dedos eran hábiles para agradar sexualmente a outras mulleres.

Cos dedos íase traballando dun xeito particular e hábil.

Xulia xemeu de pracer.

Xa non lle importaba o grupo de enmascarados que a observaba.

Nese momento, todo o que podía pensar era na sensación de ardor no seu coño e nos pezones.

Os dedos continuaron o traballo frenético.

Catherine ía cada vez máis rápido con máis intensidade.

O corpo de Julia sacudiuse.

ela xemeu.

Catherine sentiu que Julia estaba ao bordo do seu primeiro orgasmo, polo que traballou aínda máis duro, tocando o seu coño quente.

Xulia retorceuse, xemeu e as costas arqueadas.

Xulia soltou un forte berro e os dedos enrozáronse, entón o seu corpo relaxouse.

"Ese é o primeiro orgasmo ata agora", sorriu Catherine, mirando para abaixo os dedos que estaban cubertos de zume de coña. "Agora é o momento do orgasmo número dous. Pero este vai ser un pouco máis difícil. Podes parar cando queiras. Listo?"

"Si".

Catherine chasqueou os dedos e dúas mulleres espidas enmascaradas achegáronse e envolveron correas de coiro nas mans e os nocellos de Julia.

Guiaron a Julia para que estivese de xeonllos.

Atenderon as mans e os nocellos de Julia, enganchándoos a ganchos no chan.

Julia estaba boca abaixo, completamente atada e indefensa.

"A túa última proba é de sete polgadas no teu traseiro. Non te preocupes, gatiño, usarei moito lubricante para ti".

Xulia abriu os ollos.

As correas de bondaxe dos seus pulsos e nocellos estaban axustadas, e non tiña a onde ir, a non ser que decidise renunciar, o que acabaría definitivamente coa súa relación con Catherine.

Ela negouse a desistir, mesmo cando sentiu que os dedos de Catherine empurraban no seu traseiro.

Os dedos estaban cubertos cunha grosa lubricación.

Os dedos sondaron o seu pequeno ano ata onde podían chegar.

Catherine non era moi agradable.

Todo era negocio para ela.

Entón, Julia simplemente puxo a súa cara enmascarada contra o chan e aceptou a penetración dos dedos dentro do seu cu.

"Vou usar a correa do pene que me viches usar tantas veces no meu traseiro", dixo Catherine, apoiándose no corpo de Julia. "Irei lento ao principio, pero espero que despois sigas co meu ritmo".

Nese momento, Julia tiña recordos de todos os homes enmascarados que foran fodidos analmente pola variedade de correas diferentes de Catherine.

Julia xa imaxinara estar no papel de sumisa tantas veces antes.

Pero ela nunca imaxinara que realmente lle pasaría a ela.

A punta do arnés presionou con forza o ano de Julia.

Catherine usou as súas mans para separar as nádegas de Julia, permitindo que o obxecto sexual entrase no pequeno burato.

Xulia xemou forte cando o obxecto entrou no seu corpo.

Pouco a pouco abriu camiño dentro do seu recto.

Ela apretou as mans con forza e apretou os dentes.

Mentres o obxecto continuaba a lenta viaxe polo seu cu, ela jadeou e soltou un xemido.

Continuou ata que a entrepierna de Catherine presionou contra o seu traseiro.

"Moza valente", dixo Catherine ao oído de Julia. "A maioría da xente xa se daría por vencida. Ti non. Xa case remataches. Isto sentirache ben nun pouco".

Catherine retirouse lentamente do recto de Xulia, despois deu un suave empuxón, tírao profundamente unha vez máis.

empregando lentamente o ritmo segundo a tensión de Xulia.

Cada pulo facía gemir a Julia.

Julia mirou ao redor da habitación mentres estaba sendo sodomizada.

Os convidados enmascarados quedaron en silencio e viron o espectáculo.

Ela preguntouse que pensarían dela.

Preguntouse se estaban emocionados.

Preguntouse se eles tamén querían meterlle no cu.

O empuxe no cu de Julia continuou.

A dor pronto uniuse o pracer.

Os seus pezones e o seu coño aínda estaban doídos polos clips de roupa.

A dor seguía medrando, pero o pracer tamén medraba con igual ou maior intensidade.

Aínda lle doía o ano o xoguete sexual de sete polgadas e non se estaba acostumando a el.

Pero había un estraño pracer medrando dentro dela.

Estar fodido analmente para que todos o viran era emocionante.

Foi sensacional.

Os empuxes fixéronse máis rápidos e profundos.

Catherine mostrou menos misericordia e menos tenrura, e realmente comezou a ser groseira con Julia.

Julia estaba sendo tratada como calquera das sumisas de Catherine, o que era un eloxio para Julia.

Significaba que Catherine sabía que Julia era o suficientemente forte e digna como para soportar o castigo anal.

"Podo sentir o teu orgasmo achegando", dixo Catherine, mentres ela empuxaba. "Ven por min, querida. Faino e únete ao noso club".

"Estou intentando", ahogou Julia.

"Quizais isto axude, gatiña".

Catherine chegou abaixo e comezou a xogar co clítoris de Julia, mentres a sodomizaba.

A sexualidade de Julia estaba sendo agredida por todos os lados.

Doíanlle os pezones.

Doíanlle os beizos.

O ano e o recto estaban sendo golpeados sen piedade.

Agora o seu clítoris sensible estaba sendo masaxe.

"Meu Deus!!!" Xulia xemeu.

As costas da moza arqueáronse violentamente e as súas mans e os pés apertaron con todas as súas forzas.

Os fluídos saíron do seu coño e cubriron o chan.

Por segunda vez, veu diante de todos unha vez máis.

"Parabéns", dixo Catherine, fregando o cabelo de Julia. "Agora es membro do noso club".

Catherine retirou lentamente o xoguete sexual do fondo de Julia e ergueuse.

Ela observaba a Julia no chan.

Julia estaba esgotada sexualmente neste momento e ía volvendo lentamente a si mesma.

As outras mulleres enmascaradas viñeron a desatar a Xulia, quitándose as abrazadeiras dos pezones e do coño.

Julia ergueuse, e os outros invitados enmascarados da sala deron un aplauso ao seu novo membro.

EPÍLOGO

Seis meses despois.

Julia levaba un fermoso vestido mentres esperaba no ascensor.

Ela sostiña un gran sobre amarelo.

Unha vez que chegou ao seu piso, saudou á secretaria cun sorriso familiar.

Despois entrou no despacho de Catherine.

Intercambiáronse bromas e Catherine abriu o sobre para mirar as imaxes recentemente desenvolvidas mentres ambos se sentaban.

"Te superaste a ti mesmo ", sinalou Catherine, mirando as fotos. "Un traballo exquisito. Os ángulos da cámara, a iluminación, o tempo. Son perfectos. Os nosos amigos do club encantaránlles".

"Grazas. Espero que os guste".

"É unha mágoa que estas imaxes teñan que seguir sendo privadas. O teu talento como fotógrafo debería ser recoñecido por moita máis xente".

"O recoñecemento de ti é suficiente", dixo Julia con valentía.

Catherine sorriu.

"Que rapaza máis doce".

"Vin o meu cheque colocado no escritorio da secretaria. Seguro que é outro pago xeneroso, polo que estou moi agradecido. Pero hoxe esperaba algo máis... extra..."

Catherine agachouse no seu despacho para quitar as bragas de debaixo da saia.

"Moi ben. Tes trinta minutos antes da miña próxima reunión".

"Grazas."

Julia achegouse á mesa de forma informal.

Intentou ocultar a súa impaciencia, pero ambos sabían o que realmente se sentía Julia.

Catherine abriu as pernas e viu a Julia caer de xeonllos.

O límite era de trinta minutos, polo que Julia non perdeu tempo en comer o coño da súa Dominante Mistress ata que chegou ao punto do orgasmo.

FIN